LA

MAITRESSE DU LOGIS

1842. 4ᵉ Série.

Arrive donc, Julie, ne voyais-tu pas de ta
fenêtre les signes que je faisais pour t'appeler ?

MAITRESSE DU LOGIS

DRAME EN DEUX ACTES

PAR MARIE EMERY

4ᵉ ÉDITION

LIBRAIRIE DE L. LEFORT

IMPRIMEUR ÉDITEUR

LILLE   **PARIS**

rue Charles de Muyssart   rue des Saints-Pères, 30

PRÈS L'ÉGLISE NOTRE-DAME   J. MOLLIE, LIBRAIRE-GÉRANT

M D CCC LXV

MAITRESSE DU LOGIS

PERSONNAGES :

VICTOIRE, quatorze ans.

JULIE, quinze ans.

JEANNE, onze ans, sœur de Victoire.

PAULINE, treize ans.

NANCY, douze ans.

MARIE, cinq ans, sœur de Victoire et de Jeanne.

ÉLISE, douze ans, cousine de Victoire.

GERTRUDE, treize ans.

CAROLINE, onze ans, sœur de Gertrude.

Le théâtre représente une grande chambre avec porte au fond et portes latérales.

LA

MAITRESSE DU LOGIS

ACTE PREMIER

SCÈNE PREMIÈRE

VICTOIRE, JULIE, MARIE

(Marie joue dans un coin de la chambre avec sa poupée.)

VICTOIRE, *d'un ton joyeux*

Arrive-donc, Julie ! ne voyais-tu pas de ta fenêtre les signes que je faisais pour t'appeler?

JULIE

Tu as donc une grande nouvelle à m'annoncer ?

VICTOIRE

Une si grande, une si bonne nouvelle, que je ne m'en possède pas de joie. Imagine-toi, ma chère, que je suis maîtresse ici, maîtresse absolue pour toute la journée, peut-être même pour deux jours. Mon père et ma mère sont partis de grand matin pour Pont-l'Evêque, où leurs affaires les retiendront probablement jusqu'à demain; et pendant ce temps, j'ai toute leur autorité, c'est moi qui commande !... Oh! la bonne chose, Julie! il ne peut exister de satisfaction plus complète que la mienne.

JULIE

En vérité?

VICTOIRE, *vivement*

Comment pourrais-tu en douter? N'avoir aucun compte à rendre de mes actions ; travailler ou rester les bras croisés, selon que je me sente du courage ou de la paresse; aller, venir, m'amuser tout à mon aise, sans entendre de voix grondeuses; être libre, enfin, et au lieu d'obéir, commander à mon tour!... Non, il ne peut y avoir de bonheur plus parfait.

JULIE

Peut-être...

VICTOIRE, vivement

Eh bien, moi, je n'en connais pas. L'indépendance m'a toujours paru le souverain bien en ce monde.

MARIE

Ma sœur, ma sœur, je n'ai pas encore déjeuné.

VICTOIRE, avec un peu d'humeur

Cette petite a toujours besoin qu'on s'occupe d'elle! Elle est vraiment ennuyeuse!

JULIE

A qui veux-tu qu'elle s'adresse, si ce n'est à

toi ?... Mais je croyais que vous deviez aller passer chez votre tante le temps que durera l'absence de tes parents.

VICTOIRE

Oui , il en avait été question ; mais j'ai **tant fait,** tant prié , tantôt mon père , tantôt ma mère , qu'à la fin ils ont consenti à nous laisser ici. Beau plaisir , en vérité , d'aller chez ma tante qui est toujours à vous dire : « Faites ceci, faites cela ; vous parlez trop , une jeune fille doit écouter et se taire. » Ne faudrait-il pas me traiter comme Marie, tandis que , vienne la Saint-Martin , j'aurai quinze ans ?

JULIE , riant

C'est-à-dire dans huit mois.

VICTOIRE

Enfin , je n'aime pas ma tante avec ses leçons continuelles. Dieu merci, je sais me conduire ; et je le prouverai à elle et aux autres. Il me semble que j'ai gagné trois ans en un jour.

JULIE, *avec un peu d'ironie*

Je t'en félicite, si tu as grandi dans la même proportion en sagesse et en prudence.

VICTOIRE

Parce que tu as quelques mois de plus que moi, tu en es toute fière et tu te crois un prodige.

JULIE

Non pas, en vérité. Je me reconnais, au contraire, beaucoup de défauts.

VICTOIRE, *avec ironie*

Pure modestie, ma chère, et je m'incline toute la première devant ton mérite.

MARIE, *à sa poupée*

Voulez-vous bien m'obéir, mademoiselle ! ou je vous mets en pénitence ! Ah ! c'est comme cela ! eh bien, vous n'aurez pas à manger de la journée. *(Jetant sa poupée à terre et s'approchant de sa sœur :*) Victoire, j'ai bien faim, je n'ai pas déjeuné.

VICTOIRE

Est-elle insupportable, cette petite fille !

JULIE

Mais si tu es la maîtresse du logis, ma chère, il faut en accepter aussi les charges.

VICTOIRE, *à Marie*

Allons, venez, petite affamée. (*A Julie :*) Attends-moi.... je reviens à l'instant. (*Elle sort avec la petite Marie.*)

JULIE

Ne te presse pas, j'ai le temps.

SCÈNE DEUXIÈME

JULIE, *seule*

(Elle suit des yeux Victoire qui entraine vivement Marie par la main.)

JULIE

Oh! que j'ai bonne envie, ma petite Victoire, de te jouer quelque tour de ma façon, pour t'apprendre à ne pas priser si haut ton bonheur, et surtout à ne pas trop compter sur ta prudence! Mais non, on dit déjà que mes plaisanteries ressemblent un peu à de la méchanceté, et je ne veux pas mériter un tel reproche. Cependant l'occasion est bien tentante, et Victoire mérite une leçon.... Chut! la voici.

SCÈNE TROISIÈME

VICTOIRE, JULIE

JULIE

Ce déjeuner est déjà fini ?

VICTOIRE

Oh ! je ne me sens nul appétit.

JULIE, *riant*

Si c'est un effet de ta joie, je ne t'en félicite
pas. Où donc est Jeanne ?

VICTOIRE, *avec un peu d'embarras*

Tu sais, ma chère, que Jeanne est la sagesse
personnifiée, un modèle si parfait, en un mot,
que nous ne saurions, nous indignes, en appro-
cher. Jeanne ne se trouve jamais plus heureuse
qu'à l'école ; j'ai eu beau lui dire : « Tu sais que je
suis aujourd'hui la maîtresse, eh bien, je te donne
congé, » elle a levé les épaules d'un petit air dédai-

gueux : « Que ferais-je de ton congé? m'a-t-elle dit, je m'ennuierai peut-être ; et à coup sûr je mécontenterai les bonnes sœurs qui ont déjà tant de mal à nous instruire. De plus, je me priverais des instructions qui me sont bien nécessaires , puisque dans quelques mois j'espère avoir le bonheur de faire ma première communionn. »

JULIE

J'imagine qu'après cela tu n'as plus osé insister ?

VICTOIRE

Ce n'est pas une instruction en plus ou en moins qui la rendra plus savante ou plus ignorante....

JULIE

Je ne suis pas de ton avis. (*Riant.*) Puis , quand on prise autant la liberté que tu le fais, il ne faut pas attenter à celle des autres.

VICTOIRE

Aussi ai-je laissé Jeanne s'amuser à sa fantaisie.

Des goûts et des couleurs on ne doit pas disputer.
Jeanne est donc partie dès le matin pour l'école,
la petite sotte ! sans profiter de la permission que
je lui avais octroyée.

JULIE

Mais enfin , quels sont tes projets pour cette
bienheureuse journée ?

VICTOIRE

Je ne sais encore ; cela dépendra. Peux-tu disposer de ton temps ?

JULIE , *vivement*

Non , ne compte pas sur moi ; je dois m'occuper
d'un ouvrage très-pressé !

VICTOIRE , *avec dépit*

Oh ! je ne manquerai pas de compagnes moins
occupées ou plus obligeantes.

JULIE , *se dirigeant vers la porte*

Je ne te dis pas adieu , cependant ; nous nous
reverrons.

VICTOIRE , *en détournant la tête*

Comme tu le voudras.

(*Julie sort par la porte du fond.*)

—◄◦❀◦►—

SCÈNE QUATRIÈME

VICTOIRE, GERTRUDE, CAROLINE, NANCY

(*Elles entrent toutes par la porte à gauche.*)

GERTRUDE , *regardant derrière elle d'un air*

mystérieux

Nous voici. Notre mère et celle de Nancy nous avaient accompagnées jusqu'à la porte de l'école en nous faisant mille recommandations ; nous avons eu l'air de les écouter ; puis, quand nous avons supposé qu'elles avaient eu le temps de remonter la rue, nous sommes revenues tout doucement sur nos pas, et..... nous voilà.

NANCY

J'en ai le cœur.... qui bat !

CAROLINE, *à Victoire*

Tu es bien sûre qu'on ne saura pas que nous sommes ici? car j'aurais peur d'être punie.

VICTOIRE

A moins que vous ne vous trahissiez vous-mêmes, le secret sera bien gardé.

NANCY, *avec tristesse*

C'est égal, ce que nous faisons-là est mal. Il faudra mentir à l'école lorsque nos bonnes maîtresses nous demanderont le motif de notre absence, mentir encore à notre mère ; et je me demande s'il y a un plaisir qui vaut la peine d'entasser ainsi mensonges sur mensonges.

VICTOIRE

Mais tu es libre, ma chère, nous ne te retenons pas de force.

NANCY

Sans doute, je suis libre ; mais je n'ai de courage ni pour partir ni pour rester. Je sens seulement que c'est mal agir, et je suis mécontente de moi.

GERTRUDE, *avec humeur*

As-tu fini tes doléances ?

NANCY, *avec un soupir*

Je me tais. (*Elle va s'asseoir un peu à l'écart.*)

CAROLINE, *à Victoire*

Qu'allons-nous faire pour nous amuser? c'est à la maîtresse du logis à décider.

VICTOIRE

Avant de rien arrêter, je voudrais que nous fussions toutes réunies; et j'attends encore Pauline et Elise.

NANCY, *se levant vivement*

Pauline!... Mais si notre secret est connu par

elle, tout le monde le saura. Pauline est bien la plus grande bavarde....

VICTOIRE

Sois donc tranquille; son propre intérêt nous répond de sa discrétion.

NANCY, *avec embarras*

J'avais promis à ma mère d'éviter le plus possible la société de Pauline.

VICTOIRE

Pauline a quelques défauts, j'en conviens; mais elle est franche, généreuse.

NANCY

Et aussi fort dangereuse.

GERTRUDE, *aigrement*

Ce n'est pas elle du moins qui attaquerait une amie absente.

NANCY, *avec vivacité*

Je ne suis pas son amie....

VICTOIRE , *riant*

On s'en aperçoit. Du reste , sois tranquille , si Pauline voulait nous entraîner dans quelques folies, je saurais bien lui résister.

CAROLINE

On prétend que sa mère était une saltimbanque ; et qu'elle-même , quand elle était petite....

VICTOIRE

C'est une calomnie. Pauline m'a dit au contraire que lorsqu'elle était petite, elle habitait une belle maison toute dorée.

NANCY , *à part.*

Comme il y en a à la foire sans doute.
(*On entend chanter au dehors.*)

VICTOIRE

Précisément, les voici.

SCÈNE CINQUIÈME

LES PRÉCÉDENTES; PAULINE, *les cheveux mal peignés; en robe sale et déchirée.*

PAULINE, *chantant*

Et traderi dera, la, la, la. (*Parlant :*) Eh bien! qu'est-ce qu'on fait ici? Vous étiez toutes tellement silencieuses, que je croyais arriver la première. C'est là votre manière de vous amuser? on vous prendrait pour des petites filles qui sont en pénitence. J'avais précisément cet air-là pendant les huit jours où ma mère avait eu la bonne idée de me mettre à l'école, aussi je me suis dit : Assez comme cela de plaisir. Et j'ai si bien fait, si bien manœuvré....

VICTOIRE, *riant*

Qu'on t'a mise à la porte.

PAULINE, *fièrement*

J'ai bien su la prendre moi-même.

GERTRUDE

Avoue qu'on t'a un peu aidée.

PAULINE

Peut-être. Tu conviendras du moins que, cette fois, j'ai fait preuve d'une docilité parfaite. (*Elle rit aux éclats.*)

CAROLINE

Les pauvres chères sœurs, quel mal elles se sont donné avec toi ! J'en ai vu une qui pleurait de devoir te renvoyer.

PAULINE, *riant toujours*

Elle prétendait que je donnais mauvais exemple aux autres en ne voulant pas travailler, en bavardant sans cesse.

CAROLINE

Et cela ne t'a rien fait d'être ainsi renvoyée ?

PAULINE, *faisant claquer ses doigts.*

Pst !... J'en ai vu bien d'autres ! Mais est-ce

que nous allions passer comme cela notre temps à
bavarder comme de vieilles femmes? Moi, je voudrais un autre plaisir.

VICTOIRE

Sans doute. Voyons, mes amies, que proposez-
vous?

PAULINE

D'abord, as-tu de l'argent? Parce que, vois-tu,
ma chère, pas d'argent, pas de plaisir.

VICTOIRE, *avec embarras*

Mais je ne vois pas....

PAULINE

Comment, tu te vantes d'être ici la maîtresse,
et tu es aussi riche que moi qui n'ai pas un sou
dans la poche ; reçois mon compliment. (*Elle fait
la révérence.*)

VICTOIRE, *avec dépit*

Qui t'a dit que je n'avais pas un sou?

PAULINE

C'est une manière de parler qui signifie que vous êtes à peu près toutes râpées dans mon genre.

GERTRUDE, *avec colère*

Par exemple! Entre nous, mademoiselle Pauline, il y a une certaine différence.

CAROLINE

Nous n'avons pas du moins une robe rattachée avec des épingles.

PAULINE

Ma robe? elle est très-bien, ma robe. (*Elle fait un tour de valse.*) Tiens, tu étais là, Nancy! je ne t'avais pas vue, ma petite; tu sais que je t'aime toujours de tout mon cœur, quoique tu ne sois guère amiable pour moi. (*Elle va pour embrasser Nancy qui la repousse.*) Ah! c'est comme cela! à ton aise, mon enfant.

NANCY, *à part*

Je voudrais n'être pas venue ici.

PAULINE

Si nous sommes réunies pour nous regarder dans le blanc des yeux, je vous tire à toutes ma révérence.

VICTOIRE

Mais non, tête folle ! Nous sommes très-décidées, au contraire, à nous amuser ; j'avais compté sur ton imagination....

PAULINE

Je te répète, mon enfant, pas d'argent, pas de Suisse. Je sais cela, va ; ma propre expérience me l'a appris depuis longtemps : c'est une terrible en— nemie qu'une poche vide !

VICTOIRE, *avec dépit*

Qui te dit, encore une fois, que je ne n'ai pas d'argent ?...

PAULINE

Qui me le dit ? toute ta contenance, ma petite Victoire. Quand on se sent la bourse garnie, on porte la tête bien haut; on dirige les autres, au lieu d'attendre leur direction : on a le ton ferme ; on est enfin tout le contraire de ce que tu es à cette heure.

VICTOIRE, *avec colère*

Eh bien, votre esprit d'observation se trouve cette fois en défaut, mamzelle Pauline.

PAULINE

Bah ! tu aurais des écus?

VICTOIRE

En plus grande quantité que tu n'en as jamais vu.

PAULINE, *avec un air de tristesse comique*

Ça ne veux pas dire qu'il y en ait beaucoup.... Oh, tu serais bien aimable de satisfaire ma curiosité .

VICTOIRE, *à part*

Je n'ai pas besoin de leur dire que mon père m'a confié cet argent pour le cas où l'on viendrait le recevoir en son absence. (*Haut :*) Tu vas être satisfaite. (*On entend un bruit de vaisselle cassée.*) Ah! qu'est-ce que cela? (*Victoire sort précipitamment.*)

CAROLINE

La petite Marie, peut-être, qui fait des siennes.

SCÈNE SIXIÈME

LES PRÉCÉDENTES, VICTOIRE

(*Pauline s'approche d'une petite glace pour arranger ses cheveux, et chante.*)

CAROLINE, *bas à Gertrude*

Ça lui va bien de faire la coquette; elle ne se lave pas seulement la figure.

GERTRUDE

L'eau est sans doute très-rare chez toi, Pauline?

PAULINE

Tout y est rare, mon enfant, à commencer par
mon mérite.

CAROLINE

Comment, n'es-tu pas honteuse de te montrer
dans la rue avec une robe en lambeaux?

PAULINE, *regardant sa robe*

Cette robe, c'est ma meilleure; je la trouve
encore très-bien.

GERTRUDE, *riant*

Ça fait l'éloge des autres; mais tu pourrais du
moins raccommoder les déchirures, et elles sont
nombreuses.

PAULINE

Raccommoder... qu'est-ce cela?

CAROLINE

Tu ne sais donc pas tenir une aiguille?

PAULINE , *riant*

Si , pour me piquer.

NANCY

Pauvre Pauline ! je te plains.

PAULINE

Pourquoi me plains-tu ?

NANCY

Mais tu seras toujours malheureuse. Si maman le permettait, je te donnerais bien l'une de mes robes.

PAULINE

A quoi bon? au bout de huit jours elle serait comme celle-ci. On a beau me gronder, me battre, c'est plus fort que moi.

NANCY , *vivement*

Ta mère te bat ?...

PAULINE

Cette demande!... Ainsi, maintenant ma mère

croit que je fais une commission ; puis quand elle verra que le temps se passe et que je ne reviens pas, elle sera en colère ; puis, le soir, les coups tomberont drus comme grêle.

NANCY, *avec tristesse*

O mon Dieu ! moi j'ai une bonne mère, et cependant je lui désobéis ! Ça ne te fait donc rien d'être battue ?

PAULINE

C'est-à-dire que je crie de toutes mes forces ; et alors, ma mère, qui a peur que les voisins ne se plaignent et qu'on ne nous mette encore une fois à la porte, cesse de me battre pour que je cesse à mon tour de crier.

NANCY, *avec émotion*

C'est affreux !

SCÈNE SEPTIÈME

LES PRÉCÉDENTES ; VICTOIRE, MARIE.

VICTOIRE

Voilà une petite fille qui en fait de belles; elle a renversé la table avec toute la vaisselle.

MARIE, *pleurant*

Pourquoi me laisses-tu toujours toute seule? je m'ennuyais.

VICTOIRE

Voyons, sois gentille ; je vais te donner ta poupée et tes autres joujoux , et tu iras jouer dans un coin, comme une belle petite fille.

MARIE

Je ne veux pas jouer; j'aime mieux rester avec toi.

VICTOIRE , *bas à Gertrude*

C'est que je me défie de ses rapports quand mes parents reviendront.

GERTRUDE , *de même*

Comment faire, ne peux-tu pas l'enfermer dans une autre chambre ?

VICTOIRE

Non pas, vraiment... pour qu'elle se rende malade à force de pleurer ?...

GERTRUDE

C'est ennuyeux , les enfants !

VICTOIRE

C'est la première fois cependant que notre petite Marie me gêne.

GERTRUDE

Si tu la confiais pour le reste de la journée à la vieille mère Gervais?

VICTOIRE

C'est peut-être le meilleur parti; mais voudra-
t-elle?

MARIE , *pleurant*

Je voudrais voir maman.

VICTOIRE

Elle va venir tout à l'heure , et nous irons au-
devant d'elle.

MARIE

Bien sûr, Victoire?

VICTOIRE, *à part*

Pauvre petite! allons, viens.

MARIE

Voir maman?...

VICTOIRE , *avec un peu d'émotion*

Oui, voir maman.

MARIE, *courant en avant*

Tout de suite , tout de suite. (*S'essuyant les*

yeux.) Vois, je ne pleure plus, je ris.

VICTOIRE, *à Gertrude*

Je me fais tout de même conscience de la tromper ainsi.

GERTRUDE

Bah! dans quelques minutes, elle n'y pensera plus.

(*Victoire prend Marie dans ses bras et sort.*)

—◦◦◦—

SCÈNE HUITIÈME

LES PRÉCÉDENTES, VICTOIRE, MARIE.

(*Pauline se promène en fredonnant une chanson, puis elle s'arrête brusquement.*)

PAULINE

Eh bien! nous pouvons nous vanter de joliment nous amuser! J'ai bien envie, quant à moi, de prendre, comme l'on dit, la poudre d'escampette.

NANCY

Et moi le chemin de l'école, où je voudrais bien être tranquille à travailler, à l'heure qu'il est.

PAULINE

Viens, nous nous en irons ensemble.

NANCY, *avec embarras*

Je... j'aime mieux aller seule.

PAULINE, *avec un peu d'émotion*

Tu as peur qu'on te voie avec moi! je ne te savais pas si fière.

NANCY

Ce n'est pas fierté...

PAULINE, *d'un ton peiné*

Par honte, peut-être? (*Nancy baisse les yeux.*)

CAROLINE

Pourquoi ne pas dire que c'est ta mère qui te l'a défendu ?... (*Nancy baisse encore plus la tête.*)

PAULINE

Pourquoi elle ne le dit pas? C'est parce qu'elle a un bon cœur et qu'elle vaut mieux que nous toutes ensemble.

GERTRUDE, *vivement*

Quelle impertinence !

PAULINE

C'est seulement de la franchise, et tu m'as dit autrefois que tu l'aimais. Je maintiens que Nancy est la meilleure de nous toutes.

SCÈNE NEUVIÈME

LES PRÉCÉDENTES, VICTOIRE

GERTRUDE

Eh bien ! tu t'es débarrassée de la petite ?

VICTOIRE

Cela m'a fait peine tout de même ; la pauvre enfant n'aime pas beaucoup la mère Gervais, aussi ne voulait-elle pas rester avec elle, et elle s'attachait à mon tablier en pleurant. J'ai vu le moment où je ne l'aurais pas laissée.

PAULINE

Il s'agit de ne pas perdre son temps en paroles inutiles. Où sont les richesses que tu voulais nous montrer ?

VICTOIRE, *allant prendre un sac dans le tiroir*
d'une commode

Les voilà ! Tu doutais peut-être que j'eusse

tant d'argent en ma possession. (*Elle ouvre le sac.*)

PAULINE, *d'un ton d'admiration*

Et des pièces d'or ! Il doit y avoir là des mille et mille francs !

VICTOIRE, *riant*

Il y a deux cents francs, pas davantage.

PAULINE

Et cette fortune est à toi ?

VICTOIRE, *en hésitant*

Il est certain que je n'ai pas été l'emprunter au voisin.

GERTRUDE

Il t'a fallu longtemps pour économiser une si grosse somme ?

VICTOIRE, *avec embarras*

Mais oui.

PAULINE

Si elle m'appartenait, le roi ne serait plus mon cousin.

GERTRUDE

Puisque tu es si riche, tu peux bien dépenser quelque argent pour nous amuser.

VICTOIRE , *vivement*

Oh ! non, c'est impossible.

PAULINE, *riant*

Voyez-vous cela? fi! la ladre! Mais si j'avais seulement deux sous, je les partagerais.

VICTOIRE, *avec dépit*

C'est ce que disent ordinairement ceux qui n'ont rien.

GERTRUDE

Mais enfin, allons-nous rester ainsi à nous regarder ?

CAROLINE

C'était bien la peine de nous exposer à être punies.

VICTOIRE

Mais, amusons-nous.

GERTRUDE

C'est facile à dire, mais comment ?
(*On entend frapper à la porte.*)

PAULINE

Je vais voir qui est là. (*Elle sort.*)

VICTOIRE, *à part*

Pourvu que ce ne soit pas ma tante !

NANCY, *à part*

Ah ! s'il n'était pas trop tard pour aller à l'école !

PAULINE, *en rentrant vivement*

Voilà notre plaisir trouvé ! (*Elle frappe ses*

mains l'une contre l'autre.) Réjouissez-vous donc!

VICTOIRE, *vivement*

A qui as-tu parlé?

PAULINE

A la plus drôle de vieille sorcière que vous ayez jamais vue, ni moi non plus.

TOUTES ENSEMBLE

Une sorcière! comment est-elle?

PAULINE

Son corps est plié en deux ; un large bandeau noir lui couvre la moitié de la figure, et l'autre moitié est à peine visible sous un grand chapeau de paille ; enfin, elle s'appuie, en marchant, sur une petite crochette. Quand je vous dis que c'est un modèle de sorcière !

VICTOIRE, *avec impatience*

Que nous veut-elle?

PAULINE

Elle veut nous vendre des gâteaux et nous dire la bonne aventure.

VICTOIRE, *hésitant*

Je n'ose pas laisser entrer une pareille femme ; qu'en pensez-vous ?

GERTRUDE

Pour moi, je n'y vois pas d'inconvénients.

PAULINE, *riant*

Tu as peur pour ta bourse ! Ce que c'est pourtant d'être riche ; moi je n'ai jamais peur.

VICTOIRE

Peur ? par exemple !

NANCY

C'est très-mal de consulter des sorcières, mes-demoiselles, vous devez le savoir.

GERTRUDE

Eh bien! nous mangerons seulement ses gâteaux; il ne peut y avoir de mal à cela, je présume?

NANCY

Ce n'est pas moi qui voudrais en manger. L'idée seule me soulève le cœur.

PAULINE

Faut-il la renvoyer?.... décidez-vous.

VICTOIRE

Ce serait peut-être le mieux; qu'en penses-tu, Gertrude?

GERTRUDE ET CAROLINE

Mais non, mais non; voyons-la toujours, cela n'engage à rien, et nous nous amuserons.

PAULINE

Je vais la chercher. (*Elle sort brusquement.*)

VICTOIRE

Au fait, nous la renverrons quand nous en seront lasses. La sorcière ne nous mangera pas,

—o◦◁◇◦o—

SCÈNE DIXIÈME

LES PRÉCÉDENTES ; PAULINE, JULIE, *habillée en vieille femme, marchant avec peine et portant au bras un panier couvert.*

JULIE, *d'une petite voix cassée*

Je vous salue bien, madame et mesdemoiselles.

VICTOIRE, *se rengorgeant*

C'est moi, sans doute, qu'elle prend pour une dame; elle a deviné que j'étais la maîtresse de la maison.

JULIE

Je vous remercie bien de m'avoir admise dans
votre honorable société ; et j'espère vous prouver
que je ne suis pas indigne d'une aussi haute faveur.

GERTRUDE , *à Victoire*

Elle s'exprime très-bien , ne trouves-tu pas?

JULIE

Vous me voyez disposée à vous rendre tous les
petits services de mon état; par où commen-
cerai-je ?

CAROLINE , *vivement*

Vous vendez des gâteaux?

JULIE

Oui, dans mes moments perdus ; mais je pré-
fère utiliser les talents que j'ai reçus de la nature.
Telle que vous me voyez, je suis surtout très-
savante dans l'art de connaître le passé et de pré-
dire l'avenir. Vous donnerai-je un échantillon de

ma petite science? (*S'adressant à Nancy :*) Donnez-
moi votre main, ma belle enfant.

NANCY, *se retirant en arrière*

Non, je ne le veux pas !

JULIE

Vous ne croyez pas à mon art?

NANCY

Je ne veux pas offenser Dieu en consultant des
sorcières.

JULIE

A votre aise, ma petite; je ne vous en dirai
pas moins que vous avez déjà commis aujourd'hui
une faute qui vous rend triste et mécontente de
vous-même.

NANCY, *avec saisissement*

Comment peut-elle savoir cela?

JULIE, *en ricanant*

Eh bien ! mon petit bijou, douterez-vous encore
de mon savoir ?

NANCY, *se détournant*

Cette femme me fait peur !

GERTRUDE

Voici ma main, madame la devineresse ; je vous préviens d'avance que vous ne m'effraierez pas.

JULIE, *étudiant les lignes de la main*

Vous parlerai-je d'abord du passé ?

GERTRUDE

Sans doute, je verrai ainsi quel degré de confiance méritent vos prédictions.

JULIE

Vous avez un caractère hardi ; la moindre contradiction vous irrite.

GERTRUDE, *avec dépit*

Il ne faut pas être bien habile sorcière pour savoir cela.

JULIE

Vous désirez d'autres preuves ?

GERTRUDE

Sans doute. Citez-moi un fait particulier.

JULIE

Hier, vous voyez que je ne cherche pas mes preuves bien loin , hier, étant à l'école , vous avez déchiré le cahier de l'une de vos compagnes, dans le dessein de la faire gronder, et parce que vous êtes jalouse de ses succès et des récompenses qu'elle obtient.

GERTRUDE , *fort troublée*

Cela n'est pas vrai... ou du moins il n'est pas vrai que je l'aie fait méchamment. (*Elle retire brusquement sa main.*)

JULIE

Eh bien, vous me retirez déjà votre main ?

GERTRUDE

Oui ; c'est très-mal de consulter des sorcières

comme vous ; et, à l'avenir, cela ne m'arrivera plus.

JULIE, *à part*

Si je t'avais louée, ma petite, tu tiendrais un autre langage. (*Haut :*) Et mademoiselle Victoire, voudra-t-elle profiter de ma science?

VICTOIRE, *avec surprise*

Vous connaissez mon nom ?

JULIE

Je connais bien autre chose encore. Donnez-moi votre main.

VICTOIRE, *après un instant d'hésitation*

La voici.

JULIE

Est-ce du passé ou de l'avenir que je dois vous entretenir?

VICTOIRE, *vivement*

De l'avenir. Que m'importe le passé?

JULIE , *après avoir paru consulter avec attention*
les lignes de la main.

Un grand chagrin vous menace.

VICTOIRE , *tressaillant*

Un chagrin ! lequel ! expliquez-vous ?

JULIE , *regardant toujours la main*

Inquiétudes et chagrins , voilà ce que je lis ; et vous n'en pourrez accuser que votre vanité , votre imprudence, votre folie !

GERTRUDE

Tu vois bien que cette femme n'est venue ici que pour nous dire des méchancetés , et si j'étais à la place...

VICTOIRE , *avec agitation*

Ma plus grande folie est d'avoir permis à cette magicienne d'entrer ici et de la consulter. L'annonce de ce malheur bouleverse déjà ma tête. (*S'adressant à Julie :*) Est-ce prochainement qu'il doit m'atteindre ?

JULIE

Oui , très-prochainement.

VICTOIRE , *avec anxiété*

Et il n'existe aucun moyen de le prévenir?

JULIE

Aucun.

GERTRUDE , *avec ironie*

Que tu es donc folle de t'inquiéter du bavardage de cette vieille mégère !

NANCY

Je suis bien contente , moi , de ne pas l'avoir consultée? mais vous n'avez pas voulu me croire.

CAROLINE

Cependant je voudrais bien qu'elle me dise...

JULIE

Que vous êtes gourmande , paresseuse et médisante.

PAULINE, *riant*

Là , tu as aussi ton paquet, toi. Pour moi , madame la bohémienne, je ne vous demande pas de détailler mes défauts ; ce serait trop long , et je les connais aussi bien que personne ; mais je voudrais savoir si mon sort doit changer un jour, soit en bien , soit en mal ?

JULIE, *après avoir réfléchi un moment*

C'est selon , cela dépend de toi : ton cœur vaut mieux que ta tête ; laisse-toi toujours guider par lui , et l'avenir sera meilleur que le passé.

GERTRUDE , *avec ironie*

Elle n'est indulgente que pour Pauline, la sorcière ; cela ne prouve guère en faveur de son discernement.

JULIE

Cette pauvre fille n'a pas eu , comme vous toutes , de bons exemples pour se conduire dans le chemin de la vertu ; et si vous aviez été à sa place, vous ne la vaudriez pas.

VICTOIRE, *avec colère*

En voilà assez ; vous pouvez vous retirer.

JULIE, *d'un ton humble*

Il ne me reste plus alors qu'à recommander une pauvre vieille femme à votre générosité.

GERTRUDE, *avec ironie*

Vous méritez en effet une récompense.

JULIE

La vérité ne saurait se payer trop cher.

VICTOIRE

Je n'ai rien à vous donner.

JULIE

Pour faire croire cela, ma belle demoiselle, il ne faudrait pas laisser exposé ainsi aux regards d'un chacun ce sac plein d'écus....

VICTOIRE, *vivement*

Cet argent ne m'appartient pas.

PAULINE

Tu disais le contraire tout à l'heure.

VICTOIRE, *avec embarras*

Sans doute, mais...

JULIE, *faisant quelques pas vers la porte*

Je vous souhaite à toutes le bonheur que vous méritez.

CAROLINE

C'est bien, la vieille.

JULIE, *revenant sur le devant de la scène*

Je vous souhaite encore les qualités essentielles qui vous manquent : le courage, la douceur, la patience, la docilité....

VICTOIRE, *avec colère*

Vous en irez-vous, enfin ?

JULIE

A mon âge, on n'a plus la vivacité du vôtre. Adieu, ma fille, vous aurez bientôt la preuve que mes prédictions ne trompent pas, et quand le malheur vous aura frappée, vous désirerez me revoir.

VICTOIRE

Jamais ! C'est déjà trop de vous avoir écoutée une fois.

JULIE

Je reviendrai.

VICTOIRE, vivement

Je vous le défends !

JULIE

A bientôt. (*Elle sort.*)

GERTRUDE

L'insupportable vieille !

NANCY

Voilà ce que c'est de consulter des sorcières.

VICTOIRE

Quant à moi, je ne crois pas un mot de ce qu'elle a dit.

SCÈNE ONZIÈME

VICTOIRE, GERTRUDE, CAROLINE, NANCY, PAULINE, JEANNE

JEANNE, *entrant brusquement*

Victoire, sais-tu où est Marie?

VICTOIRE

Je l'ai conduite chez la mère Gervais pour qu'elle l'amuse.

JEANNE

La mère Gervais ne sait ce qu'elle est devenue.

VICTOIRE, *avec inquiétude*

Elle m'avait bien promis de veiller sur Marie....

JEANNE, *d'un ton de reproche*

Toi aussi tu avais promis à maman de veiller sur notre petite sœur. (*Victoire fait un geste de douleur.*) La mère Gervais a dû aller faire une course dans le voisinage, et, à son retour, Marie avait disparu.

VICTOIRE, *vivement*

Il faut la chercher, chercher partout.

JEANNE

C'est ce que fait notre voisine depuis un quart d'heure; mais personne ne sait où est Marie, personne ne l'a vue. (*Pleurant.*) Pauvre petite sœur, que va-t-elle devenir?

VICTOIRE, *dans une extrême agitation*

Ne pleure pas, Jeanne, ne pleure pas; je vais courir partout moi-même, il faudra bien qu'elle se retrouve. (*Elle se dirige vers la porte.*)

PAULINE, *arrêtant Victoire par le bras*

Et la bohémienne, qu'en penses-tu à cette heure?

VICTOIRE, *tressaillant*

Cette femme aurait-elle réellement le pouvoir de lire dans l'avenir?

GERTRUDE

C'est vraiment surprenant ! elle t'a positivement annoncé un malheur très-prochain.

NANCY, *à Jeanne*

Ah! que tu as été plus sage que nous, Jeanne, et que je voudrais à cette heure avoir fait comme toi !

CAROLINE, *prenant son panier dans un coin*

Si c'est là ce qu'on appelle une partie de plaisir, je m'en priverai à l'avenir. Faites donc des projets, voilà comme cela tourne ! Je ne m'y laisserai plus prendre.

(Toutes les jeunes filles sortent, à l'exception
de Jeanne qui s'assied en pleurant.)

ACTE DEUXIÈME

Même décor qu'au premier acte

SCÈNE PREMIÈRE

VICTOIRE, JEANNE

(Victoire dort ; elle est appuyée sur la table. Une chandelle aux trois quarts consumée brûle sur la cheminée. Jeanne est à genoux et prie.)

JEANNE, *se relevant*

Il me semble maintenant que je suis plus forte. Cela fait tant de bien de prier ! puis il me semble que notre petite Marie ne court aucun danger quand je l'ai recommandée au bon Dieu, qu'il la protégera. (*Regardant Victoire.*) Pauvre sœur! elle dort! la fatigue l'emporte sur l'inquiétude. Quelle affreuse nuit elle a passée! Et encore s'efforçait-elle de me cacher en partie ce qu'elle souffrait.

VICTOIRE, *dormant*

Marie! Marie!

JEANNE

Le souvenir de notre pauvre petite Marie la poursuit même dans son sommeil.

VICTOIRE, *étendant le bras*

Prends garde... ne t'approche pas tant du bord... Marie... attends-moi, ne bouge pas... je viens... je viens... mes pieds sont attachés...

JEANNE

Elle rêve, mais que dit-elle? (*Victoire paraît très-agitée.*) Peut-être devrais-je l'éveiller, et cependant elle n'a pas dormi de toute la nuit!

VICTOIRE, *criant*

Marie, tu tomberas dans l'eau!... Ah! (*Elle se réveille en sursaut.*) C'était un rêve ! mais quel horrible rêve, Jeanne ! Marie était au bord de la rivière ; je la voyais chanceler ; je voulais aller à son secours, et il semblait que mes pieds fussent attachés au sol ; puis la pauvre enfant a disparu à mes yeux !

JEANNE

Tes inquiétudes t'ont poursuivie jusque dans ton sommeil, pauvre sœur !

VICTOIRE

Voilà toute la nuit écoulée, et nous n'avons aucune nouvelle de cette chère petite ! Où peut-elle être? L'imprudente enfant sera sortie seule, puis elle s'est perdue.... à moins que !... Imprudente, c'est moi surtout qui fus imprudente ! Devais-je m'en fier à d'autres du soin de veiller sur elle ? Et quand ma mère reviendra, ma mère qui m'avait tant recommandé sa petite Marie , et qui me de-

mandera ce qu'elle est devenue , que répondrai-je?
(*Elle cache sa figure dans ses deux mains.*)

JEANNE

Dieu nous la rendra peut-être avant le retour
de nos parents ; mets ta confiance en lui , Victoire.

VICTOIRE

Oh ! maintenant , je désespère. Les minutes me
paraissent des siècles, et cependant, en pensant
au retour de mes parents, je voudrais arrêter les
heures.

JEANNE

Et tu ne veux pas que j'aille voir si Marie n'est
pas chez ma tante ? je pourrais la prévenir au moins
du malheur qui nous est arrivé , lui demander
des conseils.

VICTOIRE , *brusquement*

A quoi bon ? Si la pauvre petite avait été chez
ma tante , il n'est pas douteux que celle-ci nous

l'ait fait savoir ; non, non, ce n'est pas là qu'il faut la chercher.

JEANNE

Tu as peut-être raison ; mais enfin ma tante nous aiderait de ses conseils.

VICTOIRE

C'est-à-dire qu'elle m'accablerait de reproches, mérités peut-être ; mais j'ai déjà bien assez de tourments pour tâcher d'éviter celui-là.

JEANNE

Enfin, que faut-il faire? Tu es l'aînée, c'est à toi de décider, et à moi d'obéir.

VICTOIRE, *à part, avec amertume*

Oh! quel bon usage j'ai fait de mon autorité! Jeanne, il y a quelqu'un.... qui pourrait nous aider; une femme dont j'ai méprisé les avis et qui m'a prédit cependant le malheur qui me frappe si cruellement.

JEANNE

Je ne te comprends pas.

VICTOIRE

Cette femme, cette espèce de bohémienne, que sais-je, est venue hier ici, nous l'avons consultée...

JEANNE

Oh! Victoire, c'était mal, bien mal; il n'est pas étonnant que Dieu ait voulu te punir d'une si grande faute.

VICTOIRE

Que j'aie eu tort, je n'en disconviens pas; mais enfin, de quelque part qu'il lui vienne, je ne puis douter que cette femme n'ait un pouvoir surnaturel ?

JEANNE, *vivement*

Et moi je n'y crois pas; la religion nous défend d'y croire. Est-ce que le bon Dieu voudrait donner une partie de son pouvoir à de telles créatures ?

VICTOIRE

Si tu avais entendu tout ce que j'ai entendu, tu changerais d'avis, va.

JEANNE

Je sais bien, Victoire, que nous sommes de pauvres petites ignorantes qu'il est facile d'induire en erreur ; aussi ne m'exposerai-je jamais au danger en allant consulter ces malheureuses femmes.

VICTOIRE

Même lorsqu'il s'agit de retrouver notre pauvre petit ange ?

JEANNE, *avec force*

Je m'adresserai au Dieu tout-puissant, à la bonne Vierge, dont Marie porte le saint nom, et j'aurai plus de confiance en sa divine intercession que dans celle de toutes les sorcières du monde.

VICTOIRE

Peut-être as-tu raison, mais j'essaierai toutefois. Si Marie n'est pas retrouvée avant le retour de nos parents, je ne sais ce que je ferai, vois-tu, Jeanne; mais j'irai plutôt à l'autre bout du monde que de rester ici pour leur apprendre cette funeste nouvelle.

JEANNE

Oh! Victoire, ne sommes-nous pas déjà assez malheureuses, que veux-tu faire encore?

SCÈNE DEUXIÈME

LES PRÉCÉDENTES, GERTRUDE, CAROLINE

GERTRUDE

Eh bien! rien de nouveau depuis hier?

VICTOIRE, avec abattement

Rien.

CAROLINE

Pauvre petite !

GERTRUDE

Il faut convenir aussi, Victoire, que tu as été bien imprudente ; quand on vous a chargé de veiller sur une enfant, il ne faut pas la perdre de vue un seul instant ; et si tu avais agi ainsi....

VICTOIRE, *avec amertume*

C'est hier qu'il aurait fallu me dire cela.

GERTRUDE

Oh ! tu n'aimes pas les conseils, et je n'aurais eu garde de t'en donner.

VICTOIRE, *vivement*

Et je n'aime pas davantage les reproches de la part de ceux qui n'ont pas le droit de m'en faire, puisqu'ils ont été de moitié dans ma faute.

GERTRUDE, *aigrement*

Etait-ce à moi que la petite était confiée ? Si j'ai eu tort hier, c'est d'avoir cédé à ton invitation et d'être venue ici perdre mon temps.... et m'ennuyer.

CAROLINE

Il est certain que pour le plaisir que nous avons eu, ce n'était guère la peine de manquer l'école. Tu as été plus sage ou mieux inspirée que nous, Jeanne. Il est bientôt huit heures, viens-tu?

JEANNE

Non, aujourd'hui je ne puis abandonner ma sœur.

VICTOIRE

Ne t'expose pas pour moi à être grondée ou punie.

JEANNE

Je dirai le malheur qui nous est arrivé, et l'on ne me punira pas d'être restée auprès de toi.

GERTRUDE

Oui, mais voudra-t-on croire?

VICTOIRE

On croira Jeanne, parce qu'elle dit toujours la vérité.

GERTRUDE

Il est bien permis de mentir parfois un peu pour s'excuser.

JEANNE, *avec vivacité*

Le mensonge n'est jamais permis.

CAROLINE

Viens-tu, Gertrude? le temps se passe; et quand nous resterions ici une heure, cela ne ferait pas retrouver la petite Marie.

GERTRUDE

Nous reviendrons après l'école.

VICTOIRE, *à demi-voix*

Je les en dispense.

(*Gertrude et Caroline sortent.*)

SCÈNE TROISIÈME

VICTOIRE, JEANNE

(*Victoire se laisse tomber sur une chaise avec toutes les marques de l'accablement.*)

JEANNE

Pauvre sœur! (*S'approchant de Victoire.*) Je t'en prie, Victoire, permets-moi de prévenir ma tante; elle saura mieux ce qu'il faut faire, elle a plus d'expérience que des enfants comme nous.

VICTOIRE, *tressaillant*

Une enfant! j'ai bientôt quinze ans! tu parais l'oublier. (*A part:*) Si je cédais au désir de Jeanne? c'est le seul moyen de l'éloigner, et cette femme reviendra peut-être comme elle l'a annoncé..... (*Haut:*) Va, Jeanne, je ne te retiens plus.

JEANNE, *d'un ton caressant*

Mais tu n'es pas fâchée, Victoire?

VICTOIRE

Non sans doute ; pourquoi t'en voudrais-je ?

JEANNE

Je ne serai pas longtemps, et il me semble
que j'aurai de bonnes nouvelles à te donner.

(*Au moment où Jeanne sort, elle se rencontre
avec Pauline.*)

—◦◇◦—

SCÈNE QUATRIÈME

VICTOIRE, PAULINE

VICTOIRE, *se levant brusquement*

Pauline ! ah ! je désirais te voir ; veux-tu me
rendre un service ?

PAULINE, *vivement*

Où faut-il courir ?

VICTOIRE

Connais-tu la demeure de la vieille femme qui est venue hier ici?

PAULINE

La sorcière? je l'ai rencontrée, il y a une minute, sur votre escalier, ce qui m'avait même fait penser qu'elle habitait cette maison.

VICTOIRE

Tu l'as rencontrée, dis-tu? peut-être venait-elle ici! tu sais qu'elle nous avait annoncé hier une seconde visite. Pauline, je veux voir cette femme; je sais que c'est mal de consulter ces sortes de gens; mais quelque chose me dit qu'elle seule peut me donner des nouvelles de Marie, et à tout prix il faut que je sache ce que cette pauvre enfant est devenue; il le faut, vois-tu, Pauline, je ne peux demeurer plus longtemps dans cette mortelle inquiétude. Je tremble en pensant au sort de ma petite Marie; je tremble en songeant au

retour de nos parents; c'est trop souffrir. (*Elle
pleure.*)

PAULINE

Dame ! une sorcière doit avoir beaucoup de pouvoir, bien que ma mère se moque de moi lorsque
je dis cela ; elle prétend qu'il est très-facile de
passer pour sorcière, qu'il suffit de rencontrer des
imbéciles. Entre nous, je crois qu'il lui est arrivé
quelquefois de dire la bonne aventure aux gens
qui voulaient la bien payer.

VICTOIRE, *avec agitation*

Alors, tout cela ne serait que fourberie et mensonge !... Cependant cette femme nous a dit des
choses surprenantes ; elle m'avait positivement
annoncé qu'un malheur me menaçait.

PAULINE

C'est vrai. Aussi, sois tranquille, je la retrou-
verai, et il faudra bien qu'elle me suive, fût-elle
en compagnie de dix autres sorcières aussi laides

qu'elle. Je crois que le sabbat tout entier ne me ferait pas peur.

VICTOIRE

Ne perds pas un instant, je t'en prie.

PAULINE, *sort en courant*

Tu verras que j'ai des ailes quand il s'agit d'obliger.

—⟨⟩—

SCÈNE CINQUIÈME

VICTOIRE, *seule (Elle marche avec agitation.)*

Pourra-t-elle rejoindre cette femme ? j'ose à peine m'en flatter. Je n'ai pas voulu dire toute ma pensée ni à Jeanne ni à Pauline ; mais par moment je soupçonne cette misérable créature d'avoir enlevé elle-même ma pauvre petite sœur ; j'ai entendu dire que ces mégères ne se faisaient aucun scrupule de porter ainsi la désolation dans les familles. Qui sait si, à cette heure, Marie n'est pas enfermée dans un misérable taudis, criant, appelant à son secours? Quand cette crainte là me vient, je me sens toute glacée, et un nuage me passe sur les yeux. Cette chère petite, elle ne voulait pas rester chez la Gervaise ; elle s'attachait à mon tablier, en me suppliant de la ramener. Il semblerait qu'elle eût connaissance du malheur qui la menaçait!... et je l'ai repoussée... je l'ai grondée !... Vilaine sans cœur que je suis ! Où pourraije me cacher, quand ma mère, dans une heure peut-être, me demandera : Où est la petite ? où est Marie? (*Elle cache son visage dans ses deux mains et pleure.*)

SCÈNE SIXIÈME

VICTOIRE ; JULIE , *déguisée comme au premier acte. (Victoire , en apercevant la fausse sorcière , fait un geste de joie.)*

VICTOIRE

Vous avez rencontré Pauline, elle vous a dit que je désirais vous voir?

JULIE, *contrefaisant toujours sa voix*.

Je ne connais pas de Pauline, mais je savais que vous désiriez ma présence ; et d'ailleurs ne vous avais-je pas prévenue que je reviendrais?

VICTOIRE

Je vous préviens à mon tour que je crois très-peu à votre pouvoir de sorcière ; mais ce dont je suis certaine, c'est que vous êtes une très-méchante femme.

JULIE

Pourquoi désirez-vous me voir alors? ne vous ai-je pas donné assez de preuves de ma science ? en voulez-vous de nouvelles? Je sais que vous avez passé toute la nuit dans l'inquiétude, et à pleurer et à vous lamenter, parce que votre petite sœur a disparu.

VICTOIRE, avec amertume

Il n'est pas besoin d'être sorcière pour savoir cela.

JULIE

C'est moi que vous soupçonnez d'avoir enlevé la petite?

VICTOIRE, vivement

Méchante femme ! vous vous trahissez vous-même; oui, c'est vous qui avez enlevé ma sœur.

JULIE, froidement

Vous vous trompez; qu'aurais-je fait de cette petite ?

VICTOIRE

Le sais-je, hélas ! on dit que vos pareilles
volent les pauvres petits enfants qui leur sont
nécessaires pour l'accomplissement de leurs ma-
léfices.

JULIE

Ceux qui pensent cela sont des imbéciles, et
ceux qui le disent le sont encore plus.

VICTOIRE

Ainsi vous niez que Marie soit en votre pouvoir ?

JULIE

Je le nie formellement.

VICTOIRE

Si vous n'avez pas de nouvelles à me donner
sur le seul objet qui puisse m'intéresser, qu'êtes-
vous venue faire ici ?

JULIE, *appuyant sur les mots*

Je puis vous donner des nouvelles.

VICTOIRE, *avec force*

De Marie?

JULIE

Oui, de Marie.

VICTOIRE, *joignant les mains*

Oh! parlez, parlez, je vous le demande en grâce; j'ai tant souffert depuis hier, ne prolongez pas davantage mes mortelles inquiétudes. Marie, où est-elle, que fait-elle?... Ayez pitié de mon tourment!

JULIE

Comment, étant libre, indépendante, bien plus que cela, maîtresse absolue de vos actions, avez-vous pu tant souffrir?

VICTOIRE

Hélas!

JULIE

N'aviez-vous pas fait consister le souverain bonheur dans cette liberté ?

VICTOIRE

Comment savez-vous ?... qui a pu vous dire ?...

JULIE

Je sais bien d'autres choses encore !

VICTOIRE

C'est étrange ! ma tête s'y perd !... Oh ! parlez-moi de Marie, je vous en prie. Qui a eu la cruauté de nous l'enlever ? ne la rend-on pas trop malheureuse ?

JULIE, *d'un ton plaintif*

Hélas ! je suis une pauvre femme qui manque souvent d'asile et de pain , et ceux qui ont recours à ma science doivent la payer.

VICTOIRE, *vivement*

Si j'avais un trésor, je vous le donnerais

avec joie ; mais, hélas ! je ne possède rien.

JULIE

Vous plaisantez, sans doute ?... N'ai-je pas vu hier en votre possession un sac d'argent qui avait, par ma foi, très-bonne mine ?

VICTOIRE, *vivement*

Cet argent ne m'appartient pas.

JULIE

Vous avez dit hier le contraire à vos amies ; osez le nier ?

VICTOIRE

J'ai eu tort de céder à un misérable sentiment de vanité ; mais je vous proteste qu'il ne m'est pas permis de disposer de la plus faible partie de cette somme, qu'on peut venir me demander d'un instant à l'autre.

JULIE, *se dirigeant vers la porte.*

J'en suis fâchée pour vous et pour moi ; mais

pas d'argent, pas de nouvelles ; chacun vit de son
état dans ce monde.

VICTOIRE , *courant après Julie*

Oh! vous ne me quitterez pas ainsi, vous ne
serez pas aussi cruelle?

JULIE

Mais puisque vous-même tenez plus à votre
argent qu'à votre sœur, ma conduite n'a rien que
de fort naturel.

VICTOIRE

Je vous répète que cet argent ne m'appartient
pas, il m'a été confié par mon père, qui le destine
à payer une dette ; d'un instant à l'autre on peut
venir le réclamer.

JULIE

Vous avez dit hier tout le contraire ; qui
m'assure que ce n'est pas aujourd'hui que vous
mentez?

VICTOIRE

Ah! que je suis cruellement punie!

JULIE

Cessez de me retenir, mauvaise sœur que vous êtes; je ne puis rester plus longtemqs; on m'attend loin d'ici, et il faut que je parte.

VICTOIRE

Vous ne partirez pas sans me donner des nouvelles de la pauvre enfant que vous nous avez enlevée.

JULIE

C'est là une accusation de toute fausseté. Je vous ai déjà dit que je vends mes secrets et que je ne les donne pas; c'est à vous de choisir.

VICTOIRE, *avec angoisse*

Mais ce serait ajouter une nouvelle faute à toutes celles que j'ai déjà commises; cet argent ne m'appartient pas...

JULIE

Cela ne me regarde pas; donnant, donnant.
Comptez-moi cent francs dans la main, et dans un
quart d'heure la petite est ici.

VICTOIRE, *avec anxiété*

Que faire ?... Oh ! quelle affreuse alternative !

JULIE

Pensez-vous que votre mère ne sacrifierait pas
volontiers une pareille somme pour retrouver son
enfant ?

VICTOIRE

Ma mère sacrifierait tout ce qu'elle possède ;
mais moi, qui n'ai cet argent qu'en dépôt....

JULIE

Encore une fois, choisissez, et surtout hâtez-
vous, mon temps est précieux.

VICTOIRE

Mais qui me dit que vous tiendrez votre promesse, dans le cas où je vous donnerais la somme que vous demandez?

JULIE

Si vous n'avez pas de confiance, tout est rompu ; adieu.

(Elle fait quelques pas vers la porte; Victoire court après elle et la retient par le bras.)

VICTOIRE

Vous ne vous en irez pas ainsi.

JULIE , *avec une feinte colère*

Et qui m'en empêchera ?

VICTOIRE

Moi. Je cède à vos exigences! et si vous abusez de ma bonne foi, puisse Dieu vous punir comme vous le méritez. Attendez-moi un instant, je vais chercher cet argent. O mon père, pardonnez-moi !

(Elle sort rapidement par la porte à droite.)

SCÈNE SEPTIÈME

JULIE, *seule*

(*Elle redresse sa taille et suit Victoire des yeux.*)

JULIE

Il était temps ; je crois que je n'aurais pas eu le courage d'insister davantage. O ma petite Victoire ! tu te souviendras de ces jours de liberté et de fête qui t'ont occasionné plus de tourments que tu n'en avais jamais eu pendant toute ta vie. J'ai toujours peur de voir revenir Jeanne avec Marie avant que mon rôle de sorcière soit fini, ce qui serait peu convenable. Je me demande parfois si ce n'est pas pousser la leçon un peu loin, et si je ne mérite pas à mon tour quelque punition. Est-ce bien le seul désir de corriger Victoire qui m'a inspiré l'idée de ce déguisement ? je n'ose pas sonder mon cœur trop avant, car si je n'avais agi que par malice , la plus coupable de toutes pourrait bien être cette vieille sorcière, qui mériterait d'être poursuivie et bâtonnée avec tous les bâtons de la maison. Pourvu maintenant que je puisse regagner ma chambre sans être rencontrée dans ce gracieux accoutrement…. Chut! J'entends Victoire. (*Elle voûte sa taille et s'appuie de nouveau sur sa petite crochette.*)

—∘⋉∘—

SCÈNE HUITIÈME

VICTOIRE, JULIE

VICTOIRE

Tenez, voici les cent francs que vous exigez, partez de suite, et je vais compter les minutes jusqu'au moment où ma petite Marie sera dans mes bras.

JULIE

Vous verrez que je suis honnête à ma manière,
et incapable de tromper qui que ce soit dans un
marché librement convenu.

VICTOIRE

Puissiez-vous dire vrai! mais il me faut des
preuves de cette honnêteté pour y croire.

JULIE, *comptant la somme*

Vous les aurez. Le compte y est, j'espère.

VICTOIRE, *avec agitation*

Mais, partez donc; vous ne voyez pas que tant
que vous serez là, je serai tentée de vous reprendre
cet argent.

JULIE

Adieu, ma chère enfant; puissiez-vous être
plus heureuse et plus sage à l'avenir. Adieu!

(*Au moment où Julie sort, Victoire fait un geste*

de douleur, puis elle sort précipitamment par la porte qui est à droite.

SCÈNE NEUVIÈME

JEANNE, ÉLISE, MARIE

(Jeanne entre vivement en scène en donnant la main à Marie.)

JEANNE

Comment, Victoire n'est pas ici ! moi qui espérais la surprendre si délicieusement ! Sans doute il lui aura été impossible d'attendre ici tranquillement mon retour.

MARIE

As-tu vu, Jeanne, cette vilaine femme qui était sur l'escalier ? elle m'a fait peur ; je l'avais déjà rencontrée hier, et elle m'avait parlé. Elle est si laide qu'elle doit être bien méchante.

ÉLISE

C'est plutôt elle qui m'a paru avoir peur de nous. Sais-tu qui cela peut être ?

JEANNE

Je n'ai remarqué personne ; je ne songeais qu'à la joie que notre arrivée devait causer à Victoire. Mais où peut-elle être allée ?

ÉLISE

Si maman avait su que Victoire se serait autant tourmentée, elle n'aurait peut-être pas emmené Marie ; mais elle avait été très-mécontente de trouver la petite toute seule dans la rue.

JEANNE , à Marie

Méchante petite fille , en ne restant pas chez la Gervaise tu nous as fait bien du chagrin, va.

MARIE

Je n'aime pas la Gervaise.

JEANNE, *appelant*

Victoire, Victoire, viens donc. (*Elle va ouvrir la porte à droite.*) Viens, Marie est retrouvée, elle est ici.

—◦◦⦉✳ ⁓

SCÈNE DIXIÈME

LES PRÉCÉDENTES, VICTOIRE. (*Elle accourt précipitamment, prend Marie dans ses bras et l'embrasse à plusieurs reprises.*)

VICTOIRE

Chère petite, tu nous es donc rendue ! (*A part.*) La sorcière a tenu parole.

JEANNE

J'espère que te voilà contente, heureuse ?

VICTOIRE, *avec tristesse*

Oui, très-heureuse, Jeanne.

ÉLISE

Nous n'avons fait que courir de la maison jusqu'ici.

VICTOIRE

Vous saviez donc que Marie nous était rendue ?

ÉLISE, *avec surprise*

Mais c'est nous qui l'avons ramenée.

VICTOIRE

Que dit-elle ?

JEANNE

Mais sans doute, et si tu m'avais permis d'aller plus tôt chez ma tante, tu n'aurais pas eu la moitié autant de tourments.

VICTOIRE

Marie était ?... Mais non, c'est impossible...

ÉLISE

A la maison. Maman l'avait trouvée dans la rue, jouant avec d'autres petites filles, et elle l'a conduite chez nous.

VICTOIRE, *dans une extrême agitation*

Mais cette femme, alors..... cette femme m'a indignement trompée.

JEANNE

Quelle femme? je ne sais pas ce que tu veux dire.

ÉLISE

Victoire veut peut-être parler de la femme qui se sauvait au moment où nous arrivions.

VICTOIRE

Elle se sauvait, dis-tu? Ah! je comprends, maintenant...

ÉLISE

Une petite femme pliée en deux et qui a

sur la tête un chapeau de paille tout déformé.

VICTOIRE, *dans une extrême agitation*

Oui, c'est cela ; eh bien, cette misérable m'a trompée en se disant instruite du sort de Marie, et moi, comme une folle, j'ai été lui donner... Ah ! mes bons parents, que je mérite peu la confiance que vous avez eue en moi !

SCÈNE ONZIÈME

LES PRÉCÉDENTES, JULIE, GERTRUDE, PAULINE (*Julie a repris son costume ordinaire*)

PAULINE, *bas à Victoire*

Il m'a été impossible de retrouver la sorcière.

VICTOIRE , de même

Je l'ai revue , moi, pour mon malheur !

GERTRUDE

Tiens, voilà la petite Marie ! Où était-elle donc depuis hier ?

PAULINE , avec joie

Et moi qui ne la voyais pas ! (Elle va pour embrasser Marie.)

MARIE , se retirant

Je ne veux pas t'embrasser, tu es trop sale ! Une petite fille doit toujours se laisser laver les mains et la figure.

PAULINE, se retirant toute honteuse

Vous me deviez bien un baiser pour toute la peine que j'ai prise pour vous, petite ingrate !

JULIE , à Victoire

Qu'as-tu donc ? je te trouve la figure toute bouleversée : on dirait que tu as pleuré ?

VICTOIRE

Je n'ai rien... un peu de mal de tête seulement.

JULIE

Est-ce le regret de perdre bientôt ta chère indépendance? que veux-tu, ma chère? les plus beaux jours ont une fin.

VICTOIRE, *avec amertume*

Tu l'as deviné, c'est précisément cette fin que je regrette.

JULIE

Je te croyais plus raisonnable ; le plaisir ne peut durer toujours.

VICTOIRE, *de même*

S'il ne finissait pas, on serait trop heureux ! Mais tu ne voulais donc pas prendre part à mon bonheur, que je t'ai à peine entrevue hier?

9

JULIE

J'ai été très-occupée toute la journée ; je t'en avais prévenue.

GERTRUDE , *avec ironie*

Oh ! nous nous sommes bien amusées !

JULIE

Tant mieux ; je n'en suis pas jalouse

GERTRUDE

Victoire avait eu l'heureuse idée de faire venir ici une espèce de vieille bohémienne, laide, sale et impertinente, qui nous a singulièrement diverties.

JULIE

J'aurais voulu la voir.

VICTOIRE , *avec tristesse*

Sa visite m'a coûté cher ! elle est cause que, même à cette heure où Marie est retrouvée, j'attends en tremblant le retour de nos parents.

JEANNE, *vivement*

Que dis-tu , Victoire?

VICTOIRE

J'ai été la dupe des artifices de cette misérable intrigante, qui est parvenue à nous voler une somme importante.

GERTRUDE

Rien de sa part ne peut me surprendre, et ta principale faute a été de lui permettre d'entrer ici.

JULIE

Sans doute , au premier abord elle paraît fort coupable ; mais si l'on connaissait ses motifs...

VICTOIRE

Peut-il y en avoir qui excusent un vol?

PAULINE , *à part*

J'ai un soupçon.... nous allons voir. (*Haut.*)

Est-ce que Melle Julie ne connaîtrait pas par hasard la bohémienne ?

JULIE

Je l'ai vue, et de plus elle m'a chargée, Victoire, d'une commission pour toi.

PAULINE, *à part*

Je commence à croire que ma mère a raison : pour faire une sorcière, trouvez d'abord des imbéciles.

VICTOIRE, *avec agitation*

Mais enfin, cette commission ?...

JULIE

Consiste à te rendre une somme de cent francs.

VICTOIRE, *avec joie*

Il se pourrait !

PAULINE, *riant aux éclats*

Ah ! ah ! ah ! la bonne folie !

VICTOIRE

Qu'as-tu donc?

PAULINE, *toujours riant*

Comment ! vous ne devinez pas ? la bohémienne... la sorcière... ah ! ah ! ah !

VICTOIRE, *avec impatience*

Achève donc !

PAULINE, *montrant Julie*

La voilà !

VICTOIRE, *avec stupéfaction*

Julie !

GERTRUDE

Il se pourrait ! Oh ! si je l'avais su !

PAULINE

Vous plairait-il , Mme la bohémienne, de vous
courber un peu !

JULIE, *en se baissant*

Si cela peut vous faire plaisir.

PAULINE

N'auriez-vous, par hasard, un vieux bandeau noir qui pourrait au besoin vous cacher une partie du visage ?

JULIE, *tirant le bandeau de sa poche*

Celui-ci servait peut-être ? (*Elle met le bandeau.*)

(*Toutes les jeunes filles se regardent avec stupé-faction.*)

VICTOIRE

C'est affreux de t'être jouée ainsi de nous !

JULIE

Préférerais-tu avoir été la dupe d'une véritable intrigante ?

VICTOIRE

Je ne te le pardonnerai jamais.

JULIE

Tu me dois au contraire une reconnaissance éternelle. Sans moi tu ne saurais pas qu'il y a folie, à notre âge, de désirer l'indépendance, puisque nous n'avons ni assez de raison ni assez de jugement pour savoir nous conduire.

VICTOIRE, *après avoir réfléchi*

C'est peut-être vrai; mais une amie eût été moins cruelle.

JULIE, *riant*

Qui aime bien, châtie bien.

GERTRUDE, *vivement*

Dans ce cas, tu nous aimes trop.

VICTOIRE

Mais comment avais-tu deviné mon inquiétude au sujet de ma petite Marie?

JULIE

J'avais vu ta tante l'emmener.

PAULINE

Quant à moi, je réclame la crochette et le bandeau.

JEANNE , *avec joie*

Victoire , Marie , écoutez , il me semble que je reconnais la voix de notre mère.

MARIE , *sautant en frappant ses mains l'une contre l'autre*

Voilà maman ! quel bonheur ! quel bonheur !

VICTOIRE

Oh ! oui, quel bonheur ! je ne suis plus la maîtresse du logis !

FIN

— LILLE. TYP. L. LEFORT. M DCCCLXX. —

LE GRAND NID, suivi de 64 autres contes.

LA GUIRLANDE DE HOUBLON.

HENRI D'EICHENFELDS, suivi de la Bague de diamant.

L'HÉRITAGE LE MEILLEUR, suivi d'Anselme.

LE JARDIN, suivi de 59 autres contes.

JOSAPHAT, suivi des Trois Paraboles. 2 vol.

LE MELON, suivi du Rossignol.

LE MIROIR, suivi de 64 autres contes.

LA NUIT DE NOEL.

LES ŒUFS DE PAQUES, suivis de la Tourterelle

LE PETIT ÉMIGRÉ.

LA PETITE JOUEUSE DE LUTH, comédie.

LA PETITE MUETTE, suivie du Nid et de la Chapelle

LES PIERRES FINES, suivies de Titus.

ROSE DE TANNENBOURG. 2 vol.

LE ROSIER, suivi des Cerises.

LE SERIN, suivi du Ver luisant, de N'oubliez pas, etc.

TIMOTHÉE ET PHILÉMON.